Alltagswissen,

welches das Zusammenleben vereinfachen würde, wenn es jeder kennt und nutzt.

Bibliografische Information der Deutschen Nationalbibliothek:
Die Deutsche Nationalbibliothek verzeichnet diese Publikation in
der Deutschen Nationalbibliografie; detaillierte bibliografische
Daten sind im Internet über dnb.d-nb.de abrufbar.

TWENTYSIX – Der Self-Publishing-Verlag
Eine Kooperation zwischen der Verlagsgruppe Random House
und BoD – Books on Demand

© 2018 Groth, S. M.

Herstellung und Verlag:
BoD – Books on Demand, Norderstedt

ISBN: 978-3-7407-4969-9

Vorwort

Bei diesem Buch handelt es sich um eine nicht ganz ernst zu nehmende Betrachtung der Dinge.

Immer wieder gibt es Dinge im Alltag, wo man sich fragt, wofür diese überhaupt gedacht sind oder ob man der einzige Mensch ist, die deren wahre Bestimmung kennt.

Ich musste immer wieder feststellen, dass es einige Dinge im Alltag gibt, die noch immer nicht jeder kennt, obwohl sie durchaus nützlich und sinnvoll sind.

In diesem Buch werde ich versuchen, diese Dinge so zu erklären, so dass sie jeder verstehen kann. Jedes einzelne aufgeklärte Rätsel des Alltags würde das Zusammenleben sehr viel einfacher machen. Daher, aufmerksam lesen oder als ideales Geschenk für diejenigen, die diese Dinge unbedingt kennen sollten.

Inhalt

1. **Der mysteriöse Hebel am Autolenkrad**

   Seite 10 - 12

2. **Die Jogginghosenhypothese**

   Seite 13 - 14

3. **lustige Gebilde am Wegesrand**

   Seite 15 - 17

4. **Runde Schilder mit Zahlen**

   Seite 18 - 19

5. **Die Keramik**

   Seite 20

6. **Der Knopf neben, auf oder über der Keramik**

   Seite 21

7. **Das Plastikding neben der Toilette**

   Seite 22

8. **Der Ring oben an der Dosenlasche**

   Seite 23

9. weiße Linien auf großen Flächen

Seite 24 - 25

10. Kassenbereich

Seite 26 - 27

11. Das Dreieck mit rotem Rand

Seite 28 - 29

12. weiße Flocken, die vom Himmel fallen

Seite 30

13. Ampel

Seite 31 - 32

14. Das Überholmanöver auf der Landstraße

Seite 33 - 34

15. Der Streifen neben der Fahrbahn auf der Autobahn

Seite 35 - 37

16. Blaue Säulen am Rand der Landstraße

Seite 38

17. Das Achteck mit rotem Rand und Schriftzug „Stop"

Seite 39

18. Der grüne Pfeil

Seite 40

19. Rettungsgasse

Seite 41 - 42

20. Gespräche aus dem Handy

Seite 43

21. Kleine Worterklärungen

Seite 44 - 45

1. Der mysteriöse Hebel am Autolenkrad

Alle Autofahrer haben ihn sicher schon einmal gesehen. Diesen Hebel links am Lenkrad. Mutige haben ihn sogar schon einmal bewegt und festgestellt: man kann ihn hoch und runter bewegen.

Mir kam es komisch vor, dass in meinem Auto ein Hebel ist, der augenscheinlich keine Funktion hatte. In der Bedienungsanleitung wurde er als „Fahrtrichtungsanzeiger" deklariert. Was bitte ist denn ein Fahrtrichtungsanzeiger, fragte ich mich.

Mutig wie ich war, startete ich den Wagen und bewegte den Hebel nach unten. Im Fahrzeuginneren begann es zu ticken und im Display leuchtete es grün auf. Ich sprang sofort aus dem Wagen und stellte fest, dass das Auto vorne und hinten orangene Lichter hat, die nun an und aus gingen.

Das Auto ist also heil geblieben. Ich nahm all meinen Mut zusammen und drückte den Hebel nach oben. Nun gingen die Lichter auf der Fahrerseite aus und es begannen die Lichter auf der Beifahrerseite an- und auszugehen. Verrückt, was mein Auto alles kann, dachte ich. Sofort testete ich das Phänomen in anderen Fahrzeugen und siehe da, es funktioniert in ALLEN Fahrzeugen. Verrückt!

Aber viel verrückter ist ja, dass man so anzeigen könnte, wohin man fahren möchte. Eine unfassbare Idee! Wenn man beispielsweise abbiegen oder aus einem Kreisverkehr herausfahren möchte, könnte man den anderen Verkehrsteilnehmern rechtzeitig anzeigen, wohin man fahren möchte und diese könnten sich darauf einstellen. Wäre das nicht eine absolute Revolution des Straßenverkehrs?

Ob deswegen in alten Bedienungsanleitungen auch Fahrtrichtungsanzeiger und nicht Blinker steht?

2. Die Jogginghosenhypothese

Im Rahmen meiner vielen Autofahrten musste ich feststellen, dass ganz viele Menschen Jogginghosen tragen müssen, da sie den Sinn eines Reißverschlusses nicht verstehen.

Wie im obigen Bild ersichtlich, funktioniert ein Reißverschluss nach einem ganz einfachen Prinzip: Ein Zahn von links, ein Zahn von rechts, ein Zahn von links, ein Zahn von rechts usw.

Klingt total simpel und scheint zu funktionieren. Wie viele Jeans und Jacken haben einen Reißverschluss?! Wie oft benutzen die Menschen einen Reißverschluss, anscheinend ohne zu verstehen, wie es funktioniert.

Anders lässt es sich nicht erklären, wieso sie dieses simple System sofort vergessen, wenn sie im Auto unterwegs sind. Selbst die schönen Bilder, die an vielen Straßen mittlerweile stehen, scheinen das Verstehen nicht einfacher zu machen.

Wenn jeder wüsste, einer von links, einer von rechts, einer von links, einer von rechts, usw., wie einfach wäre das Einfädeln bei

Baustellen und ähnlichem dann? Noch einmal EINER von links, EINER von rechts. Immer wiederholt. Nicht zwei oder drei von einer Seite.

3. Lustige Gebilde am Wegesrand

Wer kennt sie nicht, diese lustigen Gebilde am Wegesrand?! Mal sind sie bauchig und rund, mal eckig und schmal, mal wie ein Zylinder auf dem Kopf…. Doch warum stehen die da so rum?

Zuerst nahm ich an, dass es sich um Regenschirmständer handeln könnte, aber dies machte keinen Sinn, da:

Erstens einige der Eimer oben mit einem derart geformten Deckel versehen sind, dass kein Schirm hineinpasst

und

zweitens, es keinen Sinn machen würde, überall am

Straßenrand, auf Schulhöfen, in Parks etc. Regenschirmständer aufzustellen. Warum sollte man seinen Schirm irgendwo abstellen und ihn dann dort lassen?

Wozu also könnten sie sonst da sein? Kurz zog ich ihn Erwägung, dass man darin Müll sammeln könnte, aber das ergab ebenfalls keinen Sinn, da überall in der Nähe dieser Skulpturen Müll herumlag und nicht darin.

Die einzige logische Erklärung war: Ist das Kunst oder kann das weg?

Es muss Kunst sein, die ich nicht verstehe, also setzte mich auf eine Bank mit Blick auf eine solche Skulptur und versuchte sie auf mich wirken zu lassen. Ich habe mir wirklich Mühe gegeben, doch ich erkannte den Sinn nicht. Nach drei Tage kehre ich an die Bank zurück. Als ich gerade erneut frustriert den Heimweg antreten wollte, kam ein Mann mit einem kleinen orangenen Auto und hielt direkt neben der Skulptur. Das war meine beste Chance zu erfahren, was diese Kunst mir sagen soll.

Doch was ich sah, war unfassbar: Der Mann war von der Müllabfuhr und leerte die Skulptur aus. Auf meine überraschte Frage, was er da täte, erklärte er trocken: „Den Mülleimer ausleeren."

4. Runde Schilder mit Zahlen

Immer wieder habe ich diese runden Schilder mit rotem Rand und schwarzer Zahl gesehen. Auf fast jeder Landstraße und Autobahn begegnen uns diese Schilder. Ich konnte kein System dahinter entdecken. Für andere Verkehrsteilnehmer scheinen diese Schilder keine Änderung des Fahrverhaltens hervorzurufen. Aber wieso sollte man Schilder zur Dekoration aufstellen, die lediglich aus Zahlen bestehen?

Das ergab keinen Sinn, daher bemühte ich meine liebste Suchmaschine im Internet und siehe da, es gibt in Deutschland ein Gesetz, dass die Bedeutung dieser Schilder regelt. Dieses Gesetz ist die Straßenverkehrsordnung. Dieses Gesetz ist online verfügbar und siehe da, die Schilder haben tatsächlich eine Bedeutung. Sie regeln die Höchstgeschwindigkeit, das heißt, das Schild zeigt die Geschwindigkeit, die höchstens gefahren werden darf.

Einige Verkehrsteilnehmer scheinen zu meinen, dass es die Geschwindigkeit ist, die um mindestens 30 Kilometer schneller gefahren werden muss, doch sie irren sich. Auch riskante Überholmanöver sollten unterlassen werden.

Die Schilder dienen aber auch nicht nur dekorativen Zwecken, sondern regeln Geschwindigkeiten insbesondere vor Gefahrenorten wie Kindergärten, Schulen, engen Kurven etc.

Anders herum bedeuten die Schilder aber auch, dass man beispielsweise 80 fahren darf, wenn einem ein Schild mit einer solchen Geschwindigkeit über den Weg läuft.

Stehen unter den großen Zahlen noch kleine Zahlen wie beispielsweise auf diesem Bild, sagt uns ein Blick in die Straßenverkehrsordnung, dass die Geschwindigkeitsbeschränkung nur in diesem Zeitraum einzuhalten ist. Dies bedeutet, dass in den Zeiten außerhalb dieses Bereiches die normale Geschwindigkeit gefahren werden darf.

5. Die Keramik

Die Keramik findet man häufig in gekachelten oder gefliesten Räumen. Es handelt sich hierbei um eine meistens rundliche geformte Schüssel, in dessen Mitte sich ein Loch befindet. Kaum zu glauben, aber dies ist in unseren Regionen die Toilette. Eine Toilette ist dafür da, seine Ausscheidungen **in** die Schüssel zu erledigen. Egal, in welcher Position Sie Ihr Geschäft verrichten, im Stehen, Liegen oder im Sitzen, denken Sie stets daran: Immer ins Loch und nicht daneben! Auch die Klobrille, also die Umrandung der Schüssel, welche sich wie der Deckel nach oben klappen lässt, sollte frei von jeglichen Rückständen sein, wenn das stille Örtchen verlassen wird.

6. Der Knopf neben, auf oder über der Keramik

Oft oberhalb der Schüssel befindet sich ein Knopf oder eine Art Schalter, in einer sogenannten Dixi-Toilette ein Hebel neben der Schüssel. Diesen sollte man für ein nettes Zusammenleben NACH Benutzung der Toilette bestätigen. Man mag es nämlich kaum glauben, mit diesem Ding betätigt man eine Spülung, die die Dinge in der Schüssel im Idealfall beim ersten Mal in die Tiefen der Kanalisation befördern. Man kann dieses Ding aber notfalls auch mehrfach betätigen. Der nachfolgende Toilettenbenutzer wird sich darüber freuen.

7. Das Plastikding neben der Toilette

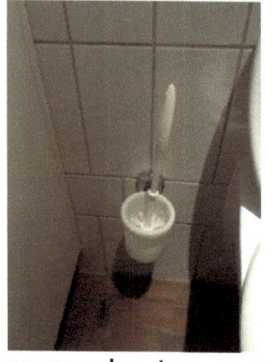

In den meisten sanitären Einrichtungen finden Sie neben der Schüssel ein weiteres unerklärliches Ding, dass keine Dekoration ist.

Mit dieser sogenannten Klobürste kann man genau das tun, was der Name sagt: das Klo bürsten. Was bedeutet das nun für den Nutzer des stillen Örtchens? Schließlich möchte er ja die Toilette nicht frisieren. Das soll auch keiner, aber wie die Spülbürste, ist die Klobürste zum Reinigen da und kann die Reste wegbürsten, die durch ein einfaches Spülen durch den vorher beschriebenen Mechanismus nicht restlos entfernt werden konnten.

8. Der Ring oben an der Dosenlasche

Viele Menschen haben sich schon gefragt, wofür das Loch ab oberen Ende der Dosenlasche ist. Spart das derartig viel Material, dass es sich lohnt, die Laschen so zu kontrollieren?

Die Antwort ist ein klares NEIN. Durch dieses Loch kann man einen Strohhalm in die Dose stecken, welcher durch den Ring an Ort und Stelle gehalten wird. Der Strohhalm kann nicht, wie sonst, durch die Kohlensäure nach oben gedrückt werden, sondern bleibt in der Dose.

Wie kann dieses Wissen meinen Mitmenschen helfen? Keine Cola-Flecken mehr auf Tischdecken oder hektische Bewegungen um den Strohhalm vor dem Herauspoppen aus der Dose zu erreichen.

9. Weiße Linien auf großen Flächen

Immer wieder komme ich an große Plätze, auf denen weiße Linien in einem wiederholten Muster verteilt sind.

Es befinden sich regelmäßig mehrere Linien parallel zu einander, welche durch eine lange Linie mittig geteilt werden. Von diesen Mustern sind mehrere angeordnet wie auf dem Bild.

Diese Gebilde nennen sich Parkplätze. Immer wieder gelange ich zu der Erkenntnis, dass einige Menschen der Meinung sein müssen, dass die Kreuze, welche sich durch die Anordnung ergeben, die Stelle markieren, wo sich das Auto befinden soll. Dies stimmt jedoch NICHT. Jedes Fahrzeug soll zwischen den parallel verlaufenden Linien mittig stehen, so dass das Fahrzeug weder über die lange kreuzende Linie steht, noch weiter herausragt als die parallelen Linien sind. Einfacher gesagt, das Auto soll nicht AUF einer der weißen Linie stehen und es soll sich keine der weißen Linien UNTER dem Auto befinden.

10. Kassenbereich

Am Ende eines Ladengeschäfts befindet sich der Kassenbereich. Dieser scheint immer wieder für völlige Überraschung bei den Kunden zu sorgen.

Wenn Sie einen Laden betreten und mit einer Ware den Laden verlassen wollen, dann sollten Sie damit rechnen, dass Sie den Kassenbereich passieren müssen. Im Kassenbereich müssen Sie die Ware bezahlen. Es mag überraschend klingen, aber der Geschäftsinhaber möchte seine Ware nicht verschenken. Es wäre also schön, wenn Ihnen dann schon folgende Dinge bewusst sind:

1. Wo befindet sich Ihr Portemonnaie?
2. Befindet sich in Ihrem Portemonnaie genügend Bargeld und wenn ja, wo?
3. Wenn sich nicht genügend Bargeld in Ihrem Portemonnaie befindet oder Sie einfach so die Zahlung per EC-Karte bevorzugen, überlegen Sie bitte rechtzeitig, welche Karte die Richtige ist und welcher PIN zu dieser Karte gehört.

Vor dem Bezahlvorgang müssen Sie aber noch Ihre Ware auf das Kassenband legen. Normalerweise befinden sich im Bereich der Kasse auch Warentrenner.

Diese dienen, wie der Name sagt, dem Trennen von Ware. Sie können damit also Ihre Ware von den Waren der anderen Kunden trennen. Dies führt dazu, dass Sie nicht hektisch eingreifen müssen, wenn Ihre Ware beginnt oder endet und Sie nicht die Ware von jemand anderem bezahlen möchten.

11. Das Dreieck mit rotem Rand

Überall an Straßen stehen Dreiecke auf dem Kopf. Die Schilder sind weiß und haben einen roten Rand. Diese Schilder gibt es sogar in zwei Größen. Die größeren stehen direkt am Fahrbandrand von Straßen, die kleineren am Rand von Radwegen.

Auch hier hilft uns ein Blick in die Straßenverkehrsordnung. Das Schild fordert zum „Vorfahrtachten" auf. Vorfahrtachten scheint jedoch nicht jedem geläufig zu sein. Woran liegt das? An dem Wort „Vorfahrt" oder dem Wort „achten"? Bevor wir aber den Duden befragen, können wir uns sicher selber erklären, was diese Wörter bedeuten.

„Vorfahrt" kommt von „vor" und „Fahrt". Also der, der vorher fährt.

„Achten" könnte einigen unbekannt vorkommen, weil man kaum noch Wörter wie „ehren" und „achten" verwendet. Vielleicht wäre es einfacher, wenn man beachten oder berücksichtigen verwenden würde.

Kurz und bündig: Der Andere darf zuerst fahren und ich muss warten.

12. Weiße Flocken, die vom Himmel fallen

Immer wieder geschieht es, dass völlig ohne jegliche Vorwarnung weiße Flocken vom Himmel fallen. Luftig leichte Flocken, die eine Schicht auf Straßen und Wegen bildet, wenn sie in großen Mengen auftreten. Diese Flocken trifft man in Deutschland im Winter an, wenn es kalt ist.

Diese Flocken nennen sich Schnee. Schnee ist nichts Gefährliches und man muss auch keine Angst davor haben. Schnee wird erst gefährlich, wenn man nichts mehr sehen kann oder wenn es gefriert.

Nur weil eine Schneeflocke vom Himmel fällt, sollten Verkehrsteilnehmer noch nicht in Panik geraten. Immer wieder geschieht dies aber und durch seltsame Fahrmanöver gefährden sie nicht nur sich selbst, sondern auch andere Verkehrsteilnehmer.

Noch einmal: Schnee tut Ihnen nichts!

Wenn Sie mir nicht glauben, tun Sie anderen Menschen einen Gefallen und bleiben Sie bei Schnee zu Hause.

13. Ampel

Diese bunten Lichter am Straßenrand sind nicht zur Freude von Kindern da, sondern stellen nach der Straßenverkehrsordnung eine Lichtzeichenanlage dar. Das Wort an sich macht also deutlich, dass es mit Licht Zeichen geben soll.

Eigentlich kennt jedes Kind:

Rot – Gefahr

Gelb – Vorsicht

Grün – Alles in Ordnung

Egal, ob es irgendwelche Warnhinweise auf Verpackungen sind oder Lämpchen an Elektrogeräten. Die Bedeutung kennt jeder.

Warum also vergessen das so viele Erwachsene, wenn sie an einer Ampel stehen? Ich habe ja Verständnis dafür, dass der Straßenverkehr kompliziert ist und einige Menschen überfordert, aber so einfache Dinge, die einem in Fleisch und Blut übergangen sind, sollte man im Straßenverkehr immer beachten, egal ob als Autofahrer, Radfahrer oder Fußgänger.

Rot – Anhalten!

Gelb – Vorsicht!

Grün – freie Fahrt

14. Das Überholmanöver auf der Landstraße

Landstraßen in Deutschland zeichnen sich im Allgemeinen dadurch aus, dass sie nur einspurig in jede Richtung befahrbar sind. Einige werden sich jetzt schon wundern, da es augenscheinlich Menschen geben muss, die der Meinung sind, dass Landstraßen zweispurig sind in die Richtung, in die sie fahren wollen. Sie machen sich anscheinend keine Gedanken darüber, wie sie in die andere Richtung kämen.

Viele scheinen auch die Grundlagen des Überholens vergessen zu haben, anders lässt sich das Fahrverhalten vieler Menschen einfach nicht erklären. Daher noch einmal die wichtigsten Regeln kurz und knapp.

1. Man überholt immer als erster hinter einem Hindernis, NIE als letzter einer Kolonne.
2. Man überholt nur, wenn die Straße gut einsehbar ist.
3. Es wird nur überholt, wenn kein Gegenverkehr kommt.
4. Der Platz zwischen zwei Fahrzeugen dient der Sicherheit. Der hintere

Fahrer möchte und sollte genügend Abstand halten zum vorausfahrenden Fahrzeug, um in jeder Situation rechtzeitig zu bremsen. Dieser Abstand ist nicht dafür da, dass ein anderes Fahrzeug sich beim missglückten Überholmanöver dazwischendrängelt.

15. Der Streifen neben der Fahrbahn auf der Autobahn

Wie oft sind Sie schon Autobahn gefahren und haben zu ihrer rechten Seite einen Fahrbahnstreifen gesehen, der nicht zur Fahrbahn gehört und haben sich gefragt, wofür der ist?

Diesen Streifen gibt es in drei Ausführungen. Einen mit einer durchgezogenen weißen Linie, einen, der mit einer gestrichelten Linie breiter wird und einem, der mit einer gestrichelten Linie schmaler zur Fahrbahn hin wird.

Wir beginnen mit dem, der wohl die kilometermäßig größte Bedeutung hat, der Streifen mit einer weißen, durchgezogenen Linie. Jetzt kommt etwas, was einige Menschen total überraschen wird. Das Ding ist ein Standstreifen. Ja, Sie lesen richtig, Standstreifen zum Stehen.

Prima denkt sich jetzt der eine oder andere, Pause direkt auf der Autobahn ohne einen Rasthof anfahren zu müssen. NEIN, dies wäre nicht nur äußerst gefährlich, sondern auch schlichtweg falsch.

Der Standstreifen dient dazu, Fahrzeuge, welche aus irgendeinem Grund nicht mehr in der Lage sind aus eigener Kraft zu fahren, abzustellen, bis Hilfe kommt.

Also noch einmal deutlich, der Standstreifen dient nicht zum Überholen!

Der nächste Streifen ist jener, welcher mit einer gestrichelten weißen Linie von der rechten Fahrbahn abgegrenzt wird und breiter wird. Halten Sie sich fest, das ist die Autobahnabfahrt oder auch der Verzögerungsstreifen.

Verzögerungsstreifen deswegen, weil man seine Fahrt verzögern soll, um von der Autobahn abzufahren. Dies soll aber ausschließlich auf dem Verzögerungsstreifen geschehen und nicht schon auf der Autobahn, denn dafür allein ist der Verzögerungsstreifen gebaut worden.

Last but not least der Streifen, welcher mit einer gestrichelten weißen Linie von der rechten Fahrbahn abgetrennt ist und schmaler wird zur Fahrbahn hin. Dieser

Streifen bezeichnet sich schlicht und einfach als Beschleunigungsstreifen und wer hätte es gedacht? Dieser Streifen ist dafür da, das Fahrzeug zu beschleunigen und zwar in der Art, dass es sich mühelos in den fließenden Verkehr auf der Autobahn einreihen kann ohne den nachfolgenden Verkehr zu beeinträchtigen. Insbesondere sollte der nachfolgende Verkehr nicht zum Bremsen gezwungen sein.

16. Blaue Säule am Rand der Landstraße

Okay, die blauen Säulen sind neu und können tatsächlich zu Verwirrungen führen. Auf einmal wurden an der Landstraße blaue Säulen aufgestellt, auf extra dafür angelegten kleinen Beton- oder Asphaltflächen und mit einer kleinen Leitplanke gesichert.

Diese blauen Säulen sind nicht zu verwechseln mit Blitzersäulen, welche vor geraumer Zeit wie Pilze aus dem Boden schossen. Die blauen Säulen stehen gut sichtbar aufgestellt und dienen lediglich der Mautüberwachung. Sie brauchen hier also weder Angst haben geblitzt zu werden, noch müssen Sie waghalsige Bremsmanöver vollführen.

17. Das Achteck mit rotem Rand und Schriftzug „Stop"

Was könnte ein solches Schild bedeuten?

Es ist so simpel, dass es einigen wohl zu simpel erscheint, dass dieses Schild einfach nur „Stop" bedeuten könnte, doch genau so ist es, dieses Schild heißt anhalten und zwar für 3 Sekunden. Diese beginnen aber erst, wenn alle Reifen wirklich stehen. Es reicht nicht, langsam an die Haltelinie zu rollen und dann weiterzufahren, aber wenn Sie mir nicht glauben, testen Sie es. Ich warne Sie aber, das könnte teuer werden.

18. Der grüne Pfeil

Der grüne Pfeil hat nichts mit dem grünen Punkt zu tun. Es handelt sich hierbei um einen Pfeil, der grün ist und in eine bestimmte Richtung das Abbiegen regelt. Es gibt ihn in Form einer Lichtzeichenanlage (Ampel) oder in Form eines einfachen Schildes. Beide Pfeile haben unterschiedliche Bedeutung.

Während das einfache Schild mit einem Stop-Schild gleichzusetzen ist, regelt der leuchtende Pfeil einer Lichtzeichenanlage direkt die Vorfahrt desjenigen, der sich an diesem Pfeil befindet. Das heißt aber auch, dass bei einem Schild mit grünem Pfeil das Haltegebot des Stop-Schildes gilt.

Verrückte Sachen gibt es.

19. Rettungsgasse

Die Rettungsgasse scheint vielen Menschen noch immer gänzlich unbekannt zu sein. Um es vorweg zu sagen, es handelt sich nicht um eine bestimmte kleine Straße in einem Ort, sondern um eine lebensrettende Maßnahme auf der Autobahn.

Sobald ein Stau entsteht, sollte eine Rettungsgasse gebildet werden, d. h. alle Fahrzeuge auf der ganz linken Spur versuchen so weit wie möglich nach links zu fahren, alle anderen orientieren sich nach rechts.

So bildet sich zwischen der ganz linken Spur und den rechten Spuren eine Gasse, wenn es alle tun würden.

Diese Gasse ist nicht dafür da, dass Sie erkennen können, was vor ihnen los ist oder damit die armen Motorradfahrer hindurchfahren können. Es sei denn, Sie als Motorradfahrer sind Notarzt. Denn genau dafür ist diese Gasse da, für den Notarzt, den Rettungswagen, die Feuerwehr, … Für all diejenigen, die bei einem Unfall rettende Tätigkeiten vornehmen.

20. Gespräche aus dem Handy

Ja, viele Menschen besitzen ein Smartphone und nutzen dies fast überall. Ob es nun ein Fluch oder ein Segen ist, immer und überall erreichbar zu sein und die Möglichkeit zu haben, überall zu telefonieren, kann dahinstehen. Hier geht es allein um die Funktion, auch ohne das Telefon am Ohr zu haben, zu telefonieren. Diese Funktion scheinen viele Menschen als praktisch zu empfinden und nutzen diese Funktion nicht nur in notwendigen Fällen, wie bei verdreckten oder belegten Händen. Vielmehr nutzen diese Menschen die Funktion auf der Straße, in der U-Bahn, im Bus.. einfach überall. Sie scheinen der Meinung zu sein, dass ihr Leben so interessant ist, dass die ganze Umwelt davon erfahren soll.

Jetzt kommt etwas, was diese Menschen vielleicht schockieren würde: Nicht jeder ist daran interessiert, was Sie für Gespräche führen!

21. Kleine Worterklärungen

Zu guter Letzt eine kleine Liste mit Worterklärungen, die einige Menschen entweder absichtlich falsch verwenden oder es nicht besser wissen. Die Liste ist natürlich für Letztere gedacht. Die falsche Verwendung dieser Wörter kann zu Problemen in der Kommunikation führen, daher eine kleine Klarstellung.

Strebergarten – richtig für einen Garten, der für Streber sein soll. Was per se aber schon keinen Sinn macht, weil Streber ja nur lernen und sich nicht für andere Dinge interessieren. Vermutlich ist hier aber eher der Garten in einer Kleingartenkolonie gemeint und der nennt sich Schrebergarten.

Rindermulch – ich will mir gar nicht vorstellen, wofür dieses Wort richtig wäre. Einige Menschen bezeichnen so das gehäckselte Holz, dass man auf Beete oder Wege streut, aber das liebe Leserinnen und Leser ist Rindenmulch.

Coach – richtig für einen Trainer, falsch für ein Sofa. Dieses wird Couch geschrieben. Ein kleiner, aber feiner Unterschied, gerade in Zeitungsanzeigen oder Anzeigen im Internet.

Turkey – meistens törki ausgesprochen ist richtig für einen Truthahn, nicht für Staatsbürger der Türkei.

Gladiatoren – sind Berufskämpfer im alten Rom. Das Wort leitet sich vom lateinischen gladiator,gladius kurz für Schwert ab. Das Liliengewächs hingegen heißt Gladiolen.

Schlusswort

Dieses Buch beschließe ich mit dem kategorische Imperativ von Emanuel Kant

„Handle nur nach derjenigen Maxime, durch die du zugleich wollen kannst, dass sie ein allgemeines Gesetz werde."

Zu Deutsch:

Tue das, was du von anderen auch erwarten würdest.